Alles auf einmal

Kurzgeschichten für Unterhaltung mit Tiefsinn

„Die Lebensversicherung jeder Art ist Vielfalt … Vielfalt garantiert Überleben." — Isabel Allende chilenische Schriftstellerin 1942

„Die Lebensversicherung jeder Art ist Vielfalt … Vielfalt garantiert Überleben." — Isabel Allende chilenische Schriftstellerin 1942

Inhalt

"Die Leute streiten im allgemeinen nur deshalb, weil sie nicht diskutieren können." - Gilbert Keith Chesterton

Die frohe Botschaft

Ilse und Erna reißen sich die Haare aus. Die
Schimpftiraden überschlagen sich. Heute geht es um
die Waren in Nadjas Laden. Ilse klagt, dass das Mehl zu
teuer sei, woraufhin Erna erwidert, dass die
ukrainischen Kinder diesen Winter frieren. Dies
beantwortet Ilse mit Ausbeutung. Es folgt das Klima.

Ernas Stimme schwankt zwischen Drohung und
Vorhaltung. Sie wirft Ilse vor, an ihrem Schicksal
schuld zu sein. Dann verwandelt sich ihr Ausdruck von
grimmig zu traurig. Ilse behauptet, alle seien ihres
Glückes Schmied. Erna schmettert ihrer Nachbarin
entgegen, dass es hier nicht um materielle Dinge gehe.
Ilse habe ihr emotional geschadet. Diese rümpft die
Nase und behauptet, dass sie nichts dafür könne, dass
Erna eine alte Jungfer sei. Männer hätte es ja gegeben.

Dem schleudert Erna entgegen, dass sie sich nicht wie
heutige Schlampen jedem an den Hals schmisse. Sie
habe Ansprüche. Nicht wie Ilse. Angesichts der
Lumpen Ernas ergebe sich die Jungfräulichkeit ganz
logisch. Auf diese Aussage entgegnet Erna, dass
Fräulein „Beachtet mich“ immer die gesamte
Aufmerksamkeit der Herren auf sich gezogen habe. Ilse
unterbricht Erna, dass dies falsch sei. Sie habe eben
nicht wie andere gefaulenzt. Erna wisse nicht, wie viel
Arbeit allmorgendliches Aufhübschen sei. Sie blickt
Erna spöttisch an. Sie liefe noch immer so herum. Erna
hält dagegen, dass ihr nicht alles in den Mund gefallen

sei. Erneut unterbricht Ilse sie, dass sie ihren Tag mit schwerer Arbeit verbracht habe. Sie schweift zu jungen Pflanzen, die sie aufgezogen habe, bis sie die Früchte ihrer Arbeit geerntet hat. Das zeige sich in ihren Kindern. Erna verstehe das nicht. Daher komme es, dass sie Politikern gleich handele und Dinge tun würde, von denen Sie absehen würde, würde sie sich die Mühe machen, die Sache fertig zu denken.

Hier versteht Erna keinen Spaß. Sie fragt, ob sie damit meine, dass sie faul sei. Ironisch will Ilse wissen, wie sie nur DARAUF komme. Als sei der nächste Geduldsfaden gerissen, hebt Erna die Stimme an und brüllt der Anrainerin entgegen, ob sie etwas an den Augen habe. Sie habe ihren Garten gestaltet und sich für Obdachlose eingesetzt. Schnippisch bemerkt Ilse, dass Erna da auch besser aufgehoben sei.

Schweigen.

Erna greift sich Ilses Haare und zieht ihren Kopf auf Schlagdistanz. Dann versetzt sie ihr eine Ohrfeige, die noch dreihundert Meter weiter wie Kindergeschrei wirkten.

Das läutete die körperliche Phase des Konflikts ein. Ilse holt aus und schlägt ihrer Konkurrentin die Handtasche mit dem prall gefüllten Geldbeutel über.

Schließlich geht ihnen die Kraft aus und sie setzten sich ziemlich zeitgleich auf den Rasen. Beiden steht Schweiß auf der Stirn. Sie schnaufen und schauen sich tief in de Augen. Unvermittelt beginnen sie einmütig zu lachen. Erneut sehen sie ein, wie sinnlos sie sich verhalten haben.

Auseinandersetzungen dieser Art verschärfen die
Sache, statt eine Lösung zu bieten.

Ilse schließt den Konflikt, dass sie ja nicht Putin seien.
Da sei Frieden schwerer.

"Wahrlich, keiner ist weise, der nicht das Dunkel kennt." -
Hermann Hesse

Dunkle Begegnung – Mama?

Emma weint. Sie hat sich verirrt. Verirrt in diesem
fremden Wald. Und das nur, weil Marie nachhause
gegangen ist und sie allein gelassen hat. Allein in
diesem dunklen Wald. Inmitten von allerlei
gefährlichem Getier. Der listige Reinecke und der üble
Isegrim. Die lecken sich in ihrer Vorstellung die Finger
nach einem sechsjährigen Mädchen. Die Sonne hat die
Luft erwärmt und doch zittert das Mädchen wie
Espenlaub. Verloren zählt Emma Steinchen. Spitze,
stumpfe, große, kleine, raue und glatte. Rote, graue,
weiße und schwarze. Es spielt keine Rolle. In der Nacht
sind alle Katzen grau. Grau wie auch sie sich aktuell
fühlt. Sämtliche Farbe scheint aus ihrem Leben
gewichen. Sie sieht keine Möglichkeit mehr, aus
diesem Wald zu kommen. Lebendig.

Neben ihr raschelt es im Gebüsch. Emma zuckt
zusammen. Tränen fliegen aus den Augen und benässen
den Busch. Noch mehr rascheln entsteht. Bedächtig
dreht sie den Kopf und starrt den Busch an. Ein
Funkeln. Sie hat ein Funkeln gesehen. Emmas Puls rast.
Der Schweiß vermischt sich mit den Tränen. Sie hört
einen Uhu und kurz darauf, wie dieser sich auf seine
Nahrung stürzt. In Ordnung. Menschen gehören nicht
zum Speiseplan dieser Vögel. Das weiß auch Emma.
Trotzdem bleibt noch das Rascheln im Busch. Und das
Funkeln.Starr vor Angst wagt das Mädchen kaum zu
atmen. Es ignoriert die Kälte, die der sanfte Luftzug auf

ihrer Haut hervorruft. Nur die Gänsehaut zeigt, dass der Kindskörper noch reagiert, bis *Zack!* Die Quelle des Buschraschelns und Funkelns sprang aus dem Gewächs. Mit übergroßen Ohren und schneeweißen Zähnen wie zum Knochenbrechen gemacht präsentierte sich das Kaninchen. Emma entspannte sich. Sie erkennt, wie unbegründet ihre Angst letztendlich gewesen ist, und setzt gerade an, über sich selbst zu lachen, als plötzlich ein Fuchs das Tier vor ihrer Nase reißt.

Das Blut spritzt ihr ins Gesicht. Sie spürt die heiße Flüssigkeit und den Schock zurückkehren. Die Stille kehrt zurück, mit der Stille die Dunkelheit, mit der Dunkelheit die Kälte und mit der Kälte die Einsamkeit. Schutzlosigkeit. Genau das benötigt sie im Moment: Schutz. Einen Schutz vor den Gefahren der Nacht, vor den Gefahren, die in diesem fremden Wald lauern. Plötzlich knackt ein Ast. Ein Schatten beugt sich über das Mädchen und streckt seine Hand nach ihm aus. Im nächsten Moment spürt Emma, wie sich etwas auf ihre Schulter legt und sie die Kontrolle über ihren Körper verliert. Mit wilden Zuckungen bemerkt sie, wie ihre Umwelt verschwimmt.Eine tiefe Stimme erklingt. „Ganz ruhig." Unter anderen Umständen würde die Stimme das Kind beruhigen. In den aktuellen führte es zum Gegenteil. Sein Körper erstarrte vollkommen bis auf die wiederholenden Kontraktionen. „Du zitterst ja. Komm her. Ich halte dich warm." Die Schattenarme schließen sich um die Erstklässlerin und versagen ihr ein Weglaufen. Die Hände verschränken sich hinter ihrem Kopf und drücken ihr Gesicht an den Torso des Mannes. Dort saugt das Hemd die Tränen auf. Emma schmeckt Salz, was sie nur noch mehr weinen

lässt. Sie weint, als wolle sie in eigener
Körperflüssigkeit baden.

"Ich bewerf' dich mit Wattebällchen. Ich werde dich mit Wattestäbchen ausradier'n. Du musst nur geduldig sein und stillhalten, denn dieser Tod ist sehr langsam und brutal." - Die Ärzte: Die Hard

Brutale Liebe

"Darf ich dir das abnehmen, Schatz? Warte." Valentin legte seine Hand zärtlich auf Marias Schulter.

Maria errötete. "Lass mal. Das wäre dir doch auch zu schwer, Starilein."

"Ja, aber ich will nicht, dass du dir noch einen Nagel abbrichst, Liebste."

"Das ist nett, aber die wachsen doch nach. Viel schlimmer wäre es doch, wenn du dir den Fuß stößt und er blau wird, Hasi."

Valentin öffnete die Wagentür. "Vorsicht! Lass mich dir helfen." Er hielt die Hand über ihren Kopf. "Ganz langsam, Mausi."

Beim Aussteigen leitete Maria zum nächsten Thema über. "Worauf hast du heute eigentlich Hunger, Schlemmermäulchen?"

"Das ist mir ganz egal, Schmetterling. Alles an und von dir ist perfekt."

"Wie von dir, Schnurzel." Sie streckte den Arm aus, ließ sich aus dem Astra ziehen und fiel ihm dann in die Arme.

Valentins Blick haftete auf ihren Augen, während sie seine Lippen fokussierte. Ihre Lippen glitten aufeinander zu, die Augen schlossen sich die Luft roch nach Erdbeeren und ein sanfter Film legte sich auf ihre Haut.

Das Hupen und Geschimpfe entging ihnen. Sie hörten einzig Olivier Messiaens Vogelgezwitscher-Stücke und Frank Wedekinds Frühlingserwachen.

Nachdem ihre Lippen sich getrennt hatten, fanden sie langsam zurück ins hier und jetzt. Der Himmel wechselte die Farbe von rosarot zu stahlgrau. Der Geruch von verbranntem Öl stieg in ihre Nasen und der Geschmack von Benzin zog sich wie Gummi über ihre Zunge.

"Lass uns schnell ins Haus gehen, Vögelchen", schlug Valentin vor und legte ihr den Arm um die Hüfte.

Maria tänzelte neben ihrem Mann über den Asphalt. "Freust du dich auch schon auf unsere Hochzeit, Bärchen?"

"Ich hätte wohl kaum zum neunzehnten Mal ja gesagt, wenn es anders wäre, Sahnebonbon."

"Liebst du mich eigentlich noch, Muffin?" Maria legte den Kopf schief.

Valentin zuckte zurück. "Natürlich liebe ich dich noch, Blümchen. Zweifelst du?"

Sie atmete durch. "Na ja. Es fühlt sich einfach alles wie Routine an." Ihre Schultern sanken. Dann drückte sie den Rücken durch, richtete sich auf und sah ihm in die Augen. "Leb wohl. Die Zeit war schön, aber ich kann nicht mehr. Ich muss jetzt gehen. Folge mir nicht. Es ist besser so. Du kannst morgen in den Nachrichten sehen, wie es mir ergangen sein wird."

Valentin atmete auf. "Auf nimmer Wiedersehen. Ich habe unsere Zeit genossen."

15

„Jede Form der Verachtung, wenn sie in die Politik eingreift, bereitet den Faschismus vor oder etabliert ihn." - Albert Camus

Mehr als ein Kreuz

Marie sieht ihren Sohn an. Tränen füllen ihre Augen, wie er da steht, das Kreuz erhoben.

"Für das Vaterland!", ruft er und seine Zuhörer grölen zustimmend.

Sie schließt die Augen und Bilder längst vergangener Tage füllen ihren Kopf. Die Tage ähnelten dem Paradies. "Ach, ja das Paradies", seufzt sie. Dann schüttelt sie den Kopf. "Nein, ich will die Zeit nicht romantisieren. Sie hatte auch ihre Schattenseiten." Sie blickt auf ihre Hände, auf die Narben an ihren Gelenken, an ihren Armen. "Sie war schwer. Täglich zwangen sie uns, unangenehme Arbeiten zu verrichten, aber in uns keimte Hoffnung. Die Hoffnung, dass die Menschen daraus gelernt haben und sich derartige Dinge niemals wiederholen können." Sie öffnet die Augen und sieht ihren Sohn erneut an, wie er mit geschwellter Brust auf seinem Podium steht.

Der Schleim läuft ihr aus der Nase und die Wangen glänzen im Licht der Straßenlaternen. Die Luft schmeckt nach Öl und Metall. "Was habe ich nur falsch gemacht?" Sie schlägt die Hände über dem Kopf zusammen. "Ich fühle mich schuldig, aber ich weiß nicht warum. Ich habe dich doch unter dem Kreuz erzogen. Ein tugendhaftes Kreuz. Eines, dass all die Werte verkörpert, auf denen unsere Gesellschaft fußt.

Warum hast du es entstellt? Wieso hast du die Enden gebrochen und rechtwinklig abgeknickt?" Sie schluchzt. "Weshalb hebst du den Arm? Weswegen verachtest du Menschen dermaßen, dass du sie dem Tod überantwortest?"

Der erste Schuss zerreißt den Himmel wie ein Donnerschlag. Rot entfaltet sich der Nebel. Der Donner vermischt sich mit vor Schmerz schreienden Menschen. Die Ziele fallen wie Dominosteine und hinterlassen nichts als eine braun nasse Wiese.

Ihr Sohn sieht Marie in die Augen und zeigt mit dem Finger auf das Leichenfeld. "Sieh dir an, was ich getan habe. Zu Tausenden habe ich unsere Feinde gerichtet."

Marie ringt nach Atem. "Nein", erwidert sie. "Sieh *du* dir an, was du getan hast. Du hast massenhaft Menschen getötet, die keine Schuld auf sich geladen haben."

Ihr Sohn schüttelt den Kopf. "Du hast mich gelehrt, dass wir alle Sünder sind."

"Aber auch gerechtfertigt! Und wenn du schon christlich argumentieren willst, denke an Auge um Auge, Zahn um Zahn. Vor allem aber denke an die Vergebung, die Jesus predigte." Sie schreitet auf ihn zu, kratzt sich mit ihren Nägeln eine blutende Wunde und, tränkt ihre Finger darin.

Ungläubig sieht ihr Sohn sie an.

Sie legt die roten Finger auf die Enden des Hakenkreuzes auf seiner Wange und verbindet die Enden mit den Ecken, sodass Fenster entstehen. Dann zieht sie einen Handspiegel aus der Tasche und hält ihn ihrem Sohn vors Gesicht. "Öffne deine Augen und sieh dich um. Glaube mir. Die Welt ist bunt viel

schöner als braun." Sie schloss die Augen. Ein letztes
Mal. Ein Querschläger beendete ihr Leben.

"Ein Held kann jeder sein. Auch ein Mann, der etwas so Einfaches und Beruhigendes tut wie das Schützen der anderen vor Schaden." - Stan Lee

Superhelden

New York, wenige Sekunden vor acht in der Frühe.
Peter McDesworth steht in der National Society Bank
und schaut auf das Display. Schweiß auf der Stirn steht
er inmitten einer Gruppe Gleichgesinnter. Die Uhr in
der oberen Ecke zählt die letzten Sekunden. 57, 58, 59.
Er spannt die Finger an und beginnt mit dem Umsprung
zu tippen. Heute musste es funktionieren. Heute war es
wirklich wichtig.

Darauf bedacht, ja keinen Fehler zu machen, sieht er
den Linien zu, wie sie auf seinem Monitor auf und ab
wandern. Sein Zeigefinger zittert auf der Maustaste.
Zwischendurch bewegt er immer wieder den Kopf oder
die Arme und findet sich dann in seiner alten Haltung
wieder. ‚Wenn ich hier scheitere, ist es vorbei. Das ist
meine letzte Chance.‘

Neben ihm steht eine Tasse mit Kaffee, den er sich in
großen Schlücken zuführt. ‚Ich darf nicht nachlassen.
Bleib konzentriert.“ Seine Augen zeigen sich
blutunterlaufen, seine Augenringe versuchen scheinbar,
den Boden zu küssen. Für winzige Momente schließt er
die Lider, dann kehrt er zu seiner Arbeit zurück. 'Es
hängt so viel davon ab.'

Die Zeit vergeht, ohne dass er sich eine Pause gönnt,
der Koffeinpegel wächst in astronomische Höhen. Die
Hand zittert schon seit Stunden. Die Uhr zählt

unerbittlich weiter. 'Ich bin noch nicht so weit. Ich brauche mehr Zeit. Bitte gib mir mehr Zeit.'

Dann macht sich der Kaffee bemerkbar. Er muss auf die Toilette. Sein Blick haftet am Bildschirm, während der Druck auf seine Blase steigt und steigt. 'Nein, bitte. Ich brauche diese Transaktion noch.' Er bemerkt, wie sich der erste Tropfen herausquetscht und weiß, dass er sich nun entscheiden muss. Monitor oder Toilette?

Schließlich will er dem Druck nachgeben und versucht aufzustehen. Zu ruckartig. Er taumelt und kippt um. Sein Kopf schlägt auf seinen Schreibtisch und ihm wird schwarz vor Augen.

„Magie ist eine große verborgene Weisheit - Verstand ist eine große offene Torheit." — Paracelsus 1493–1541

Magische Jugend

Morus warf einen Blick auf Silvana und leerte sein Glas. Er lächelte, bewegte seine Rechte minimal und ein Windstoß hob Silvanas ihren Rock in die Höhe. Unter dem Rock zeigte sich eine feuerspeisende Grimasse.

Silvana warf Morus einen selbstgefälligen Blick zu. "Du hast doch nicht geglaubt, irgendetwas anderes zu sehen?" Ein Zwinkern und ein Wasserschwall ergoss sich über Morus.

Seine Freunde wischen zurück. Er ließ die Schultern fallen und die Musik wechselte von "Happy" zu Frank Sinatras "Singing in the Rain". Er sah erneut seine Freunde an, zuckte mit den Schultern und hielt aus Silvana zu. Unterwegs änderte sich seine Kleidung. Plötzlich trug er einen Anzug und hielt eine Rose in der Hand. Die Temperatur im Raum nahm zu und die Musik wechselte erneut. Er hielt ihr nur die Hand hin.

Lächelnd ergriff Silvana das Angebot und sie tanzten zu "I set Fire to the Rain". Im nächsten Moment brannte die Hütte.

Die frisch verliehenen Zeugnisse gingen in Flammen auf und steckten die Gardinen an. Schneller als die Polizei erlaubt, sorgte das Haus für ein Licht wie in der Disco und die Musikanlage beschallte die Straße mit "The Roof is on Fire".

"It's setting hot in here", flüsterte Silvana Morus ins Ohr und er nutzte die Aufforderung, riss sich den Anzug vom Leib und entblößte ein Tattoo, das Poseidon auf einer Welle surfend zeigte.

Silvanas Augen wuchsen. Sie setzte ein fragendes Lächeln auf und er nickte. Da schlugen die Wassermassen aus Moruses Brust und rissen alles auf ihrem Weg mit sich.

Nachdem sie wieder stehen konnten, hob Silvana die Hand und zauberte sich ein züchtiges Kleid auf die Haut. "Das nenne ich mal eine Abschlussfeier. Da bekommt man glatt Lust, ein weiteres Semester anzuhängen."

Morus schwenkte den Arm und sie sahen, wie sich die zerstörten Objekte wieder zusammensetzten. Beinahe hätte Er Silvana in die Arme genommen und sie stolz gefragt, was sie von seiner Abschlussfete hielt, doch etwas ging bei der Wiederherstellung schief. Das Dach des Empire State Buildings erinnerte in seiner Form stark an das Taj Mahal und die Wall Steert sah aus wie die Straßen von San Francisco.

Silvana blickte ihn unsicher an. "Das sah vorher doch anders aus, oder?"

"Ach was. Das ist moderne Kunst. Das vorher hatten wir doch jetzt schon lange genug. Ich wollte dir nur etwas Neues bieten."

Sie trat von einem Fuß auf den anderen. "Ja, danke, aber wo sollen wir jetzt wohnen? Du hast soweit ich sehe, alle Türen zugemauert."

Morus sah sich um. "Ups. Ich hätte wohl doch unterlassen sollen, dafür zu sorgen, dass man den Zauber nicht rückgängig machen kann."

„Denn ich bin eine Kokosnuss, und mein Herz ist süßer,
als du denkst.“ – Nikki Grimes

27

Die Härte der Kokosnuss

Gestatten? Nuss, Kokos Nuss. Im Dienste Ihrer Majestät als Agent des MI6 würde ich mich wohl so vorstellen und ich hätte garantiert die Lizenz zum Töten. Stattdessen hänge ich einfach hier herum und warte, bis man mich vom Baum holt oder ich von allein falle. Dabei habe ich keine Angst vorm Fallen und das noch nicht einmal, weil meine Schale so hart ist. Die Sache geht tiefer. Nein, nicht lokal, eher mental. Mir fehlt die Instanz, die es euch ermöglicht Angst zu fühlen.

Ich hatte einen weiten Weg zu gehen, bis ich meine harte Schale entwickelt hatte. Zu Beginn hing ich noch in luftiger Höhe am Zipfel der Palme. Diese versorgte mich mit allem, was ich benötigte. Sie gab mir sogar einen Überschuss an Wasser, sodass immer genug übrig blieb, damit ich es in meinem Innern speichern konnte. In meinem Innern, dort, wo mein größter Schatz zu finden ist. Mein Fleisch. Weiß und saftig ruht es geschützt von meiner Schale in meinem Innern.

Es sollte den Nachwuchs ernähren. Alles lief prächtig, bis mich wer gewaltsam von meinem Platz riss. Auf den Aufschlag hatte ich mich gut vorbereitet, den überstehe ich. Was mir zu schaffen macht, ist der unbändige Wille, an meine Milch zu kommen. Gut, ich halte auch heftige Schläge aus. Es gibt nur zwei Stellen, an denen ich Schwachstellen zeige. Dummerweise sind die auch noch offensichtlich markiert. Was hat sich die Evolution nur dabei gedacht? Drei dunklere Punkte auf dem Kopf eigenen sich wunderbar dafür, mir Löcher in die Schale zu drücken, um dann mein Wasser aus mir laufen zu lassen. Die Naht an meiner Seite ermöglicht jedoch, mir noch größeren Schaden zuzufügen. Wenn hier jemand drauf schlägt, drohe ich auseinanderzuplatzen.

In Stückchen liege ich dann herum und kann mein Fleisch nicht mehr beschützen. Ich muss zusehen, wie es mir von der Schale geraspelt wird, um es in Kunststoffverpackungen zu stecken und dann zu verkaufen. Ich weiß um dieses Schicksal, doch ich habe eine Möglichkeit, mich zu rächen.

Schon so manches ahnungsloses Geschöpf habe ich im Schlaf getötet. Immer wenn sie unter der Palme lagen, Schatten suchten und ich reif genug war oder ein kräftiger Wind durch die Wipfel wehte, ließ ich mich fallen, traf den Kopf und erschlug den Schläfer.

Zugegeben, diese Fälle traten nur selten auf, doch umso mehr feiern wir sie. Es sind genau diese Momente, in denen wir uns als Agenten mit Doppelnulllizenz fühlen und davon Gebrauch machen.

Ich freue mich schon auf den Tag, an dem ich die Chance bekomme, für meine Brüder und Schwestern Vergeltung zu üben. Oh ja. Ich werde fallen und zerschmettern und brechen und … halt! Was soll das? Geh weg! Du wirst doch nicht? Du kannst nicht! Lass das! Du blöder Affe. Lass mich hängen! Da unten sitzt doch keiner. Hör auuuuuuu …

Au. So fühlt sich also ein Fall an. Ich bin noch ganz, aber ich habe meine Gelegenheit nicht nutzen können.

Na ja. Dann erging es mir gerade wie vielen anderen meiner
Art.

Ein so kleiner Schirm und trotzdem wird man nicht
nass, wenn es nicht regnet. - Karl Valentin

31

Der Schirm

Es plätschert in Strömen. Seit Tagen, Wochen, Monaten, Jahren schlägt es nieder, schlägt es uns nieder. Ein Ende? Nicht in Sicht. Die Keller sind längst gefüllt, die Flüsse treten über ihre Ufer und reißen die Bausubstanz mit sich. Verrückt, wer heute noch rausgeht.

Könnt ihr schwimmen? Mein Blick nach draußen sagt mir, dass euch selbst das nicht helfen wird. Das Phänomen erstreckt sich weit über die Stadtgrenzen hinaus. Alles schreit nach einem Schirm, um sich vor der Bedrohung zu schützen. Der Ruf findet Gehör und man verteilt Schirme, um den Bedürftigen zu helfen, doch trifft das, bei denen die haben, auf Unmut. Wieder zeigt sich, wie stark unser Reptiliengehirn uns lenkt. Ich will leben. Gebt mir, was ich brauche. So lauten unsere obersten Maximen. Gebt mir einen Schirm, der mich schützt. Nur einen Schirm, um die Bedrohung von mir fernzuhalten.

Die ersten Einkaufshäuser brechen zusammen. Menschen kämpfen um ihr Überleben. Sie kämpfen gegen einen schier übermächtigen Feind. Sie kämpfen mit ihren Schirmen. Doch scheint es aussichtslos. Es schlägt weiter auf uns ein, immer fester. Wenigen ist es vergönnt, einen Platz unter dem Schirm ergattert zu haben. Wenigen, zu wenigen.

Der Schrei nach Gerechtigkeit wird lauter, sprengt Trommelfelle, doch die Schirme bleiben den Wenigen vorbehalten. Alle erinnern sich an die Sintflut, an diese erste Apokalypse und alle wünschen sich ein neues Jerusalem, die Zeit nach der Apokalypse, die Zeit nach der großen

Reinigung, wenn alles Ungerechte weg gewaschen ist, doch diese Zeit bleibt in weiter Ferne, bleibt ein Traum.

Auch die neue Erzählung droht die Menschheit mit einem vagen Versprechen zurückzulassen ... erneut.

Alles wünscht sich einen Schirm, um den Widrigkeiten zu trotzen, um trocken die andere Seite zu erreichen, um überhaupt auf die andere Seite zu kommen, dorthin, wo die Leute wohlbehütet sitzen.

Die Fluten schwappen über die Deiche, füllen die Straßen und reißen alles mit sich, was mit großer Mühe zu erhabener Größe wuchs. Träume einer glorreichen Zukunft ertrinken.

Gibt es denn keine Hilfe? Gibt es nichts, was uns einen Schirm gibt? Die Idee Schirme an uns zu verteilen, liegt den Herstellern fern. Helft euch selbst, heißt es aus ihrer Richtung.

Die meisten zeigen sich dazu bereit, nur bräuchten sie eine Chance, einen trockenen Pfad hinüber, notfalls einen Leihschirm. Nur etwas, das uns ermöglicht zu leben.

Alles, was wir bräuchten, ist doch nur eine Pause. Ein trockener Weg hinüber. Wir würden dafür sorgen, dass sich solche Stürme niemals wiederholen, wir würden das beseitigen, was zu dieser Katastrophe geführt hat.

Doch dir, die Schirme haben, die keine Schirme brauchen, verhindern unsere Chancen. Sie wollen, dass dieser Sturm niemals endet, sie wollen, dass er alles reinigt.

34

Wir bitten nicht um Glück, nur ein bisschen weniger
Schmerz. — Charles Bukowski

35

Bitte – Elisabetha-Katharina Margaretha Kunst

Elisabetha stellte ich immer mit ihrem vollständigen Namen vor. Elisabetha-Katharina Margaretha Kunst. So viel Zeit musste sein. Die Nase in den Wolken tragend schreitet sie durch den dumpfen Pöbel ihrer Mitschüler. Das niedere Volk. Was soll sie tun? Ihre Mutter besteht darauf, sie eine gewöhnliche Schule besuchen müsse. Sie solle die Gepflogenheiten des Volkes lernen, um zu sehen, von welch edlem Blut sie abstamme. Kein Problem. Glücklicherweise geht das auch auf die Ferne. Es genügt ja schon, dass sie im Unterricht einen Raum mit diesem Proletariat teilen muss.

Den Rest ihrer Klasse lässt sie links liegen, stellt sich vor ihr Pult. "Wird mir jemand einen Sitz anbieten?" Ihre Überheblichkeit kriecht durch den Raum.

Die Mehrheit der Mitlernenden dreht den Kopf weg, eine kleine Gruppe sieht zu ihr auf und ein Mitschüler läuft zu ihr, zieht den Stuhl zurück und schiebt ihn ihr unter den Hintern.

"Danke schön." Aufrecht greift sie mit den Fingerspitzen ihren Füller, legt ihr Buch und das Schreibheft auf den Tisch und richtet den Blick auf die Tafel.

Die Lehrkraft sieht sie kopfschüttelnd an und begrüßt die Klasse. "Guten Morgen. Ihr wisst, dass ein Wandertag ansteht. Wir haben gesagt, dass wir zum Erlenbrunnen gehen. Ich wollte euch nur erinnern, dass ihr morgen an passende Kleidung denkt. Es könnte matschig werden. Holt dann jetzt eure Lesebücher raus und schlagt Seite 17 auf. Wer will vorlesen?"

Der Tag verläuft wie die meisten. Elisabetha sitzt gelangweilt auf ihrem Platz und steht in der Pause abseits der anderen Kinder in ihrer Ecke unter einer Überdachung vor dem Regen geschützt, das Buch in der Hand.

Auch der nächste Tag zaubert ihr kein Lächeln aufs Gesicht. Angewidert setzt sie den ersten Schritt in den Wald. Bereits nach den ersten fünfhundert Metern wendet sie sich an die Lehrerin. "Entschuldigung Frau Müller. Gibt es hier keine Straße, auf der uns eine Limousine befördern könnte?"

"Nein Elisabetha-Katharina Margaretha, hier gibt es keine Straße. Du musst wohl oder übel deine kleinen Füßchen benutzen."

Den Blick in die Baumkronen gerichtet stolziert sie über den Waldweg. Die tappt in eine Pfütze und stolpert über einen Stein. Die anderen lachen sie aus. Auch Frau Müller kann sich diese Reaktion nicht verkneifen.

Marvin zieht ein Taschentuch und reicht es ihr. Dann wendet er sich an den Rest der Klasse. "Ey! Auch wenn sie sich für was Besseres hält, ist sie unsere Mitschülerin! Auslachen tut weh. Ihr wollt doch auch nicht, dass man euch auslacht." Dann dreht er sich zu Elisabetha. Sie streckt ihm die Hand entgegen, doch er macht keine Anstalten, ihr zu helfen. "Wie heißt das Zauberwort mit zwei 't'?"

Unverständig schüttelt sie den Kopf.

"Es heißt 'bitte'."

Sie starrt ihn an. "Danke", sagt sie trocken. Sie lächelt ihn an. " Lisa." Atempause. "Bitte."

„Das Vergnügen des Unwissens ist auf seine Weise
genauso groß wie das Vergnügen des Wissens." —
Aldous Huxley britischer Schriftsteller 1894–1963

Das weiß ich nicht

Anna-Lena verabschiedet gerade ihren letzten Patienten. Ihr Blick ins Wartezimmer zaubert ihr ein Lächeln aufs Gesicht. Sebastian verbreitet stets gute Laune. Seine heitere Art steckt seine Umgebung an. So auch Anna-Lena. Nach außen trocken begrüßt sie ihn kurz und sagt ihm, er könne schon in Raum drei gehen, was Sebastian umgehend tut.

Sie füllt noch Behandlungsblätter aus und gesellt sich dann zu ihm. In freundschaftlichem Ton sagt sie ihm gleich, welche Übungen sie heute für ihn vorgesehen hat.

Ohne zu murren, befolgt er ihre Anweisungen, redet dabei über das, was er seit der letzten Sitzung erlebt hat, und fragt sie, was sie für diese Woche noch geplant habe.

Aufmerksam hört Anna-Lena zu und erzählt von ihren Plänen, am Wochenende ein Fußballspiel zu besuchen und sich in der nächsten Woche mit Freunden auf einer Veranstaltung zu treffen. Nachdem Sebastian dies genutzt hat, um das Gespräch am Laufen zu halten, erzählt sie weiter und fragt ihn dann, ob er etwas Bestimmtes tun wolle.

"Du meinst, außer zu schreiben? Noch nichts Besonderes. Du weißt ja, dass ich mir gerne meine Flexibilität erhalte. Das ist ja auch ein Grund, warum ich Fantasy schreibe. Da lege ich die Regeln fest, wie ich sie will", erklärt er.

"Ich bewundere die Menschen, die so viel Fantasie haben, sich ganze Welten auszudenken."

"Ach", winkt er ab, "das ist erlernbar und zum größten Teil Handwerk."

"Jetzt mach dich nicht kein", wendet sie ein und fährt sich durch die Haare.

"Ich mache mich nicht klein. Ich bleibe nur bescheiden und mir treu. Ich habe die Erfahrung gemacht, dass wir alle in unserem frühen Leben höchst fantasiebegabt sind. Du willst mir doch nicht erzählen, dass du nie Fantasie hattest."

"Nein, das nicht, aber trotzdem können das nicht alle."

Er dreht die Handflächen nach oben. "Alle sicher nicht, aber das Geheimnis ist, dass man einfach diese frühkindliche Fantasie bewahren und dann herauslassen muss."

Anna-Lena kratzt sich am Kopf. "Da ist was dran. Aber wir sind schon wieder fertig. Also ich könnte das nicht."

Sebastian erhebt sich. "Das ist alles erlernbar. Wie Show don't Tell. Übung."

"Und wie geht das? Das weiß ich doch nicht."

"Noch nicht. Du weißt es noch nicht." Sebastian schmunzelt. "Wenn es dich interessiert kann ich dir helfen. Wir haben ja noch ein paar Termine."

Anna-Lena öffnet die Tür. "Das stimmt. Bis Donnerstag. Dann können wir weiter reden. Du kannst

noch etwas über dein neuestes Projekt sprechen. Nur worum
es geht, weiß ich nicht ... noch nicht."

„Ich war einfach nur schüchtern. Er war immer ein
schüchternes Kind gewesen." — Elton John

43

Aha

Marcel starrt auf dem Schulhof zu Leonie. "Was denkst du, Achim? Würde sie mit mir gehen?"

"Das weiß man bei denen nie", sagte Tom. "Mädchen sind launisch."

Achim kratzt sich am Kopf. "Ich denke, du solltest sie einfach fragen. Du umwirbst sie immerhin schon seit vier Wochen."

"Aber was ist, wenn sie nein sagt? Und wie soll ich das machen? Sie wird da gerade von Svenja geschützt." Achim wirft die arme in die Höhe.

Tom zuckt mit den Schultern. "Du hast Angst vor Svenja? Sei lieber froh, dass sie nicht bei Gabriele steht. Sie wäre wirklich der Endgegner."

"Wie meinst du das?", fragte Achim.

Tom winkte ab. "Na, ihr ist doch nichts gut genug. Alles muss immer total schicklimicki und edel sein. Wir sind ihr doch nicht gut genug."

"Also ich hätte weniger Probleme, mit Gabriele zu sprechen als mit Svenja", entgegnete Marcel und fing sich ungläubig Blicke ein.

"Echt?", fragte Tom. "Du kannst mit Gabriele reden, aber bei Leonie hat du Angst?"

"Vielleicht passt er ja besser zu Gabrielle. Willst du ihr keine Chance geben, he?"

Marcel senkte den Kopf. "Das ist was komplett anderes. In Gabriele bin ich nicht verliebt. Selbst, wenn ich sie fragen würde und sie mich in den Wind schießt, wäre das egal." Er atmete hörbar durch. "Bei Leonie ist das anders."

Tom sieht Achim an. "Unser Marcel ist eben kein Aasfresser. Die Beute muss sich wehren." Er dreht sich zu Marcel zurück. "Viel Glück, aber 5komm nicht angelaufen, wenn sie nein sagt. Ich bin nicht dein Kummerkasten."

"Hast du mich jemals weinen sehen?" Marcel gab ihm einen Stoß.

Achim hebt die Wangen. "Na Mut hast du doch. Jetzt musst du den nur noch aufbringen, um deine Angebetete zu fragen."

"Dazu müsste ich mir erst mal etwas anderes anziehen", sagte Marcel. "Ich kann sie ja wohl schlecht in diesem Fummel ansprechen."

"Dann würde ich mir aber mal in Nullzeit einen chiceren Zwirn zaubern. Ich geh dann mal aufs Klo. Ich will ja nicht Frau Mayers Matheunterricht versäumen. Kommst du mit, Achim?"

Marcel setzte an, sie zu begleiten, da spürte er eine Hand auf seiner Schulter und drehte sich um.

"Hi."

Bei den Frauen gibt es nur zwei Möglichkeiten. Entweder sie sind Engel. Oder sie leben noch. - Anthony Hopkins

Ungesehen – Das muss enden

"Wieder und immer wieder", Anne schlug mit der Faust auf die Tischplatte. "Das darf doch nicht wahr sein. Wie laut sollen wir denn werden, dass man uns hört?"

"Was meinst du?", fragte Tom.

Anne kniff die Augen zu. "Erneut hat man uns Frauen totgeschwiegen, für selbstverständlich erachtet, was wir geleistet haben, uns einfach abgewertet."

Tom fasste sich an die Schläfe. "Ich weiß nicht, was du meinst."

"Muss ich dich wirklich darauf stoßen? Sieh dir die Mondlandung an."

"Die habe ich gesehen. War ein großes Ereignis, als Neil Armstrong den ersten Schritt auf den Mond gesetzt hat und ja den zweiten kenne ich auch. das war Buzz Aldrin. Nur der arme Michael Collins musste in der Rakete bleiben." Stolz plusterte er die Brust.

"Und wer hat die Berechnungen getätigt?"

Tom schwieg.

"Katherine Johnson, Dorothy Vaughan und Mary Jackson. Ohne sie wäre Neil gar nicht losgeflogen."

"Aber verteidigst du damit nicht eher die Rolle der Farbigen?"

Anna winkte ab. "Dann nimm dir Lise Meitner."

"Wer?"

"Sie hat eine wichtige Rolle bei der Atombombe gespielt. In Oppenheimer hat man sie mit keinem Wort erwähnt."

Tom kratzte sich am Kopf. "Sie war einfach nicht wichtig für den Film. Warum regst du dich denn jetzt so darüber auf?"

Anna brachte ihren Kopf direkt vor seinen. "Weißt du welcher Tag gestern war?"

"Der 8. März, warum?"

"Weil das der Weltfrauentag ist. An diesem Tag sollten die Frauen geehrt werden."

"Das tun wir doch."

"Ach, wirklich? Ich habe nicht einen der Namen, die ich dir genannt habe gehört mit einer Entschuldigung, dass ihr sie totgeschwiegen habt. Ich denke, wir sollten diesen Tag zu einem Kampftag erklären, für alle Frauen, auf dass sie niemals mehr vergessen werden. Im Namen von Lise, Katherine, Dorothy, Mary und all der anderen: LiKaDoMa!"

"Ich mag den Abdomen auch", feixte Tom.

Anna zückte ein Messer, schnitt ein Loch in Toms Bauch und warf ihm den Fetzen über. "Dann koste doch etwas von deinem."

Pünktlichkeit ist die Kunst, richtig abzuschätzen, um
wie viel der andere sich verspäten wird. - Bob Hope

Gute Geister

Ich sitze im Zug und denke an nichts Schlimmes. Ich bin gelassen und freue mich auf das, was mich am Zielbahnhof erwarten wird. Ich will viele Gleichgesinnte treffen, Menschen, die mich unterstützen mit ihrer Expertise, die mir helfen, erfolgreich zu sein.

Der Plan ist wasserdicht. Ich habe eine frühere Verbindung gewählt, um selbst dann pünktlich anzukommen, wenn ich mich trotz Navigationsapp verlaufen sollte. Die Umsteigezeiten waren großzügig gewählt, sodass ich meine Anschlusszüge auch dann erwische, wenn die Bahn verspätet kommt.

Alles lief voll nach Planung, bis ich in Landau erfahre, dass mein Zug nicht fährt. Hier will ich nicht steckenbleiben. Ich muss nach Karlsruhe. Ebenfalls Betroffene bekommen mit, wohin ich will und eine junge Frau sieht in einer App nach, und gibt mir mit auf den Weg, dass noch ein Zug von Gleis 3 nach Karlsruhe fahre. Ich bedanke mich, steige aus und gehe zu Gleis 3, wo der angekündigte Zug zeitnah einfährt.

Der Zug bringt mich nach Wörth, wo er versackt. Weiter geht es mit einem Taxi-SEV, allerdings nicht zum Hauptbahnhof. Ich nahm eine Straßenbahn, in der mir eine Frau hilft, indem sie mir erklärt, welche Linie ich nehmen, wo ich aussteigen und wie ich dann gehen solle.

Ic hhalte mich an die Anweisungen und erreiche stark verspätet den Bahnhof. Im Zug nach Stuttgart treffe ich auf eine Frau mit einem Fahrrad, mit der ich mich unterhalte, ihr erzähle, dass ich schreibe und die mir daraufhin von ihrem Augenleiden erzählt, weshalb sie Hörbücher vorzieht. Mir gegenüber sitzt eine junge Frau mit Kind, mit der ich etwas plaudere, nachdem die erste ausgestiegen ist.

Es ist immer wieder schön, Leute zu treffen und sich angenehm mit ihnen zu unterhalten.

In meinem letzten Zug für heute sitzend, ist mir nicht mehr nach reden. Ich möchte nur ankommen. Also begnüge ich mich damit, die Leute zu beobachten und ihnen Blicke zuzuwerfen. Ich sehe meine Grundhaltung bestätigt, dass die Welt zurücklächelt, wenn ich ihr lächelnd begegne. Ich sehe noch wie eine Frau einem Mann mit Rollator in den Zug hilft, eine Frau von der Bahnhofsmission ihre blaue Weste auf dem Arm trägt mein Lächeln erwidern. Ich hätte wohl auch die Frau vor dem Ausgang mit dem Hund noch in das stumme Gespräch mit einbezogen, doch der Zug kommt an und unsere Wege trennen sich.

Jetzt heißt es noch 2,2 km in Bad Schussenried zurücklegen, um an meinem Ziel anzukommen. Der Weg verläuft in einer Art Zick-Zack, links, rechts, links, rechts und bin ich da. Vor mir endlich das Gästehaus. Hier will ich hin.

Ich frage nach, wohin ich muss. Freundlich hilft man mir und zeigt mir sogar den Weg. Ich bedanke mich und fahre zu meiner Gruppe, die ich bisher nur aus dem

Internet kenne. Die Veranstalterin begrüßt mich und versichert mir, dass ich noch nichts Wichtiges verpasst habe und sie sich freue, mich zu sehen.

Ich kann versichern, dass dies auf Gegenseitigkeit beruht. Ein schöner Tag.

Für ein gutes Gespräch sind die Pausen genauso
wichtig wie die Worte. - Heimito von Doderer

53

Pause

"Wir legen zu viel Wert darauf, dass jede Sekunde genutzt wird", klagte sie. "Alles ist optimiert, damit keine Pausen entstehen. Und das hat nicht nur mit just-in-time zu tun."

Er baute sich vor ihr auf, nahm einen Stift in die Hand und einen Pin. Dann stellte er sich an die Pinnwand. "Ich erkläre dir jetzt mal was. Es gibt Betriebe, die arbeiten 24 Stunden am Tag. Dieser ist ein solcher."

Sie tippte sich an die Schläfe. "Dann müsst ihr mehr Leute einstellen. Ihr könnt nicht erwarten, dass wir zwölf Stunden am Tag für euch arbeiten."

Er lachte. "Das dürfen und tun wir auch gar nicht. Du übertreibst wieder mal maßlos."

Sie kniff die Augen zu. "In Ordnung. Faktisch arbeiten wir keine 12 Stunden täglich, aber hast du auch mit eingerechnet, wie viel Zeit wir trotzdem für die Arbeit aufwenden, ohne, dass du es siehst?"

"Was meinst du?"

Sie legte den Kopf auf die Schulter. "Wir stehen extra früher auf, um uns fürs Arbeiten fertig zu machen, begeben uns auf den Weg zur Arbeit, legen diesen zurück. Dann arbeiten wir unsere 8 Stunden plus Überstunden und müssen dann nach Hause, um uns von der Arbeit zu entwöhnen. Alles zusammen habe ich mit zwölf Stunden eher zu tief gegriffen."

Er griff in seine Tasche. "Die Überstunden erstatte ich ihnen selbstverständlich."

"Das ist ja das Nächste", klagte sie. "Sie wollen es nicht verstehen."

"Dann erklären sie es mir."

Sie atmete tief ein. "Ich gehe davon aus, dass Ihnen Krankschreibungen ein Dorn im Auge sind. Nun denn, solten sie dann nicht etwas tun, um diese zu minimieren?"

Er schüttelte den Kopf. "Das liegt nunmal wirklich nicht in meiner Verantwortung."

Sie warf die Hände in die Höhe. "Doch. Sie sollten aus eigenem Interesse dafür sorgen, dass Ihre Arbeiter gesund sind. Ein gesnder Arbeiter arbeitet nicht nur schneller sondern auch fehlerloser. Das heißt weniger Retouren und in Konsequenz mehr Profit."

"Wollen Sie sich etwa eine Beförderung erschleichen mit ihrer Besserwisserei?"

Sie schlug die Hände über dem Kopf zusammen. "nein, ich bin zufrieden mit meinem Beruf. Ich sage nur, dass es auch schlechter gestellte Arbeiter bei Ihnen gibt. Sie sollten sie einfach Pausen machen lassen. Betrachten sie Ihr Unternehmen wie Musik. Diese entsteht ebenfalls gerade durch Pausen zwischen den Tönen. Ohne sie wäre es nur ein Dauerrauschen."

Wenn ich die Folgen geahnt hätte, wäre ich Uhrmacher geworden. - Albert Einstein

Berufung

"Ich komme mir vor wie Odysseus", meint Max, "aber hier fühle ich mich endlich zu Hause."

"Dann sind wir froh, endlich etwas für dich gefunden zu haben." Timo legte ihm einen Vertrag auf den Tisch. "Du musst nur noch hier unterschreiben und dann kannst du schon loslegen. Wir freuen uns schon auf deine Ideen."

"Ich verspreche Ihnen, dass ich Sie nicht enttäuschen werde." Max nimmt seine Tasche unter den Arm. "Sie werden es nicht bereuen."

"Davon gehen wir aus, zumal es schwer für Sie sein dürfte uns zu enttäuschen. Sie tragen immerhin das komplette Risiko. Wir streichen nur die Gewinne ein."

Max nickt. "Das weiß ich, aber ich danke Ihnen trotzdem. Ich bin endlich angekommen."

"Das sagten Sie bereits"

Max kratzt sich am Kopf. "Sie haben natürlich Recht. Und Sie machen mir wirklich keine Vorgaben?"

"Na ja, das übliche, Volksverhetzung und so. Ansonsten sind Sie frei in der Themenwahl."

Max ballt die Faust. "Dann müssen Sie mir nur noch meinen Arbeitsplatz zeigen."

"Kein Problem. Folgen Sie mir."

Max tut, wie ihm geheißen und stoppt einen Meter vor seinem Ziel. Die Tür schwingt auf und der Raum überwältigt ihn. Natürlich im Vergleich zum Taj Mahal eine Kaschemme, aber für Max mutet er an wie das Paradies. Nein, besser. Seine Träume gehen gerade in Erfüllung.

"Ich sehe, er gefällt Ihnen."

Max dreht sich um. "Ja, sehr. Ich bin ja so froh, diesen Ort gefunden zu haben. Hier will ich den Rest meines Lebens wirken und arbeiten."

"Das sind natürlich die Angestellten, die wir uns wünschen. Ich denke, dass wir auf die Probezeit verzichten können. Bei dem gehalt, dass wir Ihnen zahlen für eine Arbeit, die Ihnen kaum als Arbeit vorkommen dürfte."

"Da haben Sie Recht. Ich muss nur noch kurz nach Hause etwas abholen. Ich komme sofort wieder."

"Dann bis gleich. Ich freue mich."

"Nicht so sehr wie ich."

Max verlässt den Raum, das gebäude und setzt sich in sein Auto.

Er kommt nie zuhause an.

Beim Abschied wird die Zuneigung zu den Dingen, die uns lieb sind, immer ein wenig wärmer. - Michel de Montaigne

Abschied

Wehmütig blickt er zurück. Sicher hat er es schon oft erlebt, doch immer wieder aufs Neue stellt sich dieses leidige Gefühl ein. Irgendwo Schmerz, aber gleichzeitig Vorfreude, Vorfreude, zurückzukommen, zurück in das alte Leben, aus dem er ausbrechen musste. Zu eintönig ist es ihm erschienen, gefangen im Alltagstrott. Aus diesem Grund hat er sich eine Auszeit verschafft; eine Auszeit weg, weg von dem, was ihn krank gemacht hat, weg in die Fremde, etwas Neues erleben, Abwechselung erfahren, einfach weg mit allen Unwägbarkeit und Ungewissheiten.

Er hatte keine Zeit, den neuen Ort in Fülle kennenzulernen, hatte keine Gelegenheit alles mitzunehmen, was er zu bieten gehabt hätte, keine Chance, sein Herz an irgendetwas zu binden und dennoch ist es da, das Gefühl, als verliere er etwas Unwiederbringliches.

Um sich Stress zu ersparen, hat er zeitig begonnen, seine Sachen zu packen und das Zimmer zu räumen. Mehrmals hat er alle Fächer untersucht, ob er auch ja nichts vergessen hat. Mehr als einmal schaute er in den Schrank und obwohl er gewusst hat, dass er nichts darin findet, schaute er akribisch selbst in den Fächern nach, die er wissentlich gar nicht benutzt hat. Eine Verzögerungstaktik? Wozu? Er kann doch zurückkehren an diesen Ort, wann immer er will. Er verschwindet ja nicht. Und trotzdem fühlt es sich an, als ob es zu Ende geht, etwas, von dem er sich wünscht, es würde noch weiter gehen.

Reflektieren wartet er auf seine Gruppe. Ist es gar nicht der Ort, von dem er Abschied nimmt, sondern die Menschen, mit denen er den Ort verbindet? Das ist doch lächerlich. Sie können und werden wohl noch weiter in Kontakt bleiben. Und doch tut es weh.

Zu seiner Trauer gesellt sich jedoch auch Freude, Freude, seine alten Herzensmenschen wiederzusehen. Die Menschen, die er viel besser kannte, mit denen er schon viel mehr geteilt hat und in die er auch mehr investiert hat. Er ist entzwei gerissen zwischen diesen vertrauten einerseits und den neuen Menschen andererseits. Er kann keinen Spagat und doch soll er hier einen leisten.

Er will noch nicht gehen, doch er muss. So gerne er auch bleibt, zwingen ihn die Umstände. Er überlegt, weshalb er sich das immer wieder antut. Der Schmerz ist immer der gleiche, die Situation vergkeichbar, aber er ist auszuhalten und auf eine gewisse Weise auch reizvoll. Es fühlt an wie eine bitter sweet harmony. Er muss Lächeln.

Noch einmal sieht er sich um. Er wird diesen Ort vermissen, doch genauso wird er in Erinnerungen an ihn schwelgen, mit einem Lächeln im Gesicht.

Du musst schnell leben; der Tod kommt früh. - Benjamin Franklin

Die Leiche

"Meinst du, das ist ein Mensch?" Ben starrt auf ein dunkles Objekt auf der Wasseroberfläche.

Tom gähnt. "Bestimmt nicht. Der bewegt sich doch gar nicht."

Ben beugt sich weiter vor. "Das sieht aber so aus."

"Glaub es mir doch, wenn ich es sage. Ein Mensch würde Wellen erzeugen. Da sind aber keine."

"Meinst du wirklich?"

Tom stöhnt. "Du machst doch auch Wellen, wenn du im Wasser bist, oder?"

"Der sieht aber trotzdem aus wie ein Mensch. Vielleicht schläft er ja nur."

Tom kneift die Augen zusammen. "Mit dem Gesicht im Wasser? Wie lange kannst du denn die Luft im Wasser anhalten?"

Ben plusterte sich auf. "Dreizehn Sekunden", gab er mit stolz geschwellter Brust an.

Tom zeigte seine Handflächen. "Siehst du? Der liegt jetzt schon viel länger so und macht keine Wellen."

Ben wiegte den Kopf hin und her. "Atmen wir eigentlich im Schlaf?"

"Na klar. Hast du noch nie jemand schnarchen gehört? Da kommt Luft aus dem Mund."

Ben ließ die Schultern fallen. "Wahrscheinlich hast du Recht."

"Klar hab ich Recht. Habe ich mich jemals geirrt?", fragte Tom.

Ben sah in den Himmel. "Du hast doch gesagt, dass der Weihnachtsmann zaubern kann."

"Das kann er ja auch."

"Aber wieso soll er zaubern, wenn die Wichtel die Geschenke machen und seine Superrentiere um die Welt rasen? Das hätte er doch gar nicht nötig."

Tom verharrte für einen Moment. "Es geht ja nicht darum, dass er das muss. Er kann es nur, falls mal irgendwas schief geht."

"Was soll denn schief gehen?"

"Na ja, seine Frau könnte schlechtes Essen gemacht haben. Dann ist er schlecht drauf und hat kene Lust mehr, die Geschenke zu verpacken und dann muss alle am Ende schnell gehen, wenn er wieder Lust hat."

"Das sieht aber trotzdem aus wie ein Mensch." das Objekt hielt Bens Blick gefangen.

"Dann schwimm doch hin und kuck nach."

"Das mach ich auch, aber heute habe ich keine Schwimmsachen dabei und meine Mama schimpft, wenn ich mit nassen Hosen heimkomme."

Oft verliert man das gute, wenn man das Bessere sucht.
- Pietro Metastasio

65

Das gute Gut

„Hast du dich schon mal gefragt, was gut ist?“ Sophia kratz
sich am Kopf. „Eigentlich sollte es dir klar sein. Ich meine,
du hast doch eine Vorstellung davon. Das Gute ist schön. Alle
wollen gut sein, denn es ist gesund. Es muss nicht stark sein,
weil seine Kraft aus der Gemeinschaft entsteht und in einer
Gemeinschaft dürfen alle schwach sein, weil sich die Kraft
der Einzelnen zur Kraft der Gruppe addiert und Kleinvieh
macht auch Mist.“ Sie drückt den Rücken durch und verliert
im nächsten Moment wieder die gerade gewonnene Haltung.
„Was aber ist, wenn Leute in der Gemeinschaft eine negative
Kraft beitragen? Das schwächt die Gemeinschaft. Dann
könnte die Kraft der Gesellschaft sich zu null addieren.“ Sie
dreht die Handflächen nach oben. „Gibt es so etwas wie ein
großes Gleichgewicht? Wenn ja, wo liegt dann die
Nullstellung? Leben wir in einer unguten Gesellschaft oder
Zeit? Wer bestimmt das?“ Sie tritt von einem auf den anderen
Fuß und dreht sich von links nach rechts und zurück.

„Nein, gut ist gut. Das ist doch eine Tautologie. Wie sollte
das falsch sein? Das ist sicher und wahr, das soll meine Basis
sein. Auf irgendetwas muss ich ja bauen können.“ Sie wirft
den Kopf in den Nacken. Daraufhin fallen ihre Schultern ab.
„Ist das so? Kann ich davon ausgehen, dass mein Gut immer
gut ist?“

Sie steht auf und geht im Raum auf und ab. „Ich habe so viele
Philosophen kennengelernt. Tugendethik, Utilitarismus,
Goldene Regel, Pragmatismus und, und, und. Das Problem
mit der Tugend ist, dass ich hier in einen infiniten Regress

verfalle, wenn ich die Bedeutungen der Tugenden weiter hinterfrage. Nur möglichst viel Angenehmes für möglichst Viele zu erzeugen, wie es der Utilitarismus will, ist nur ein relatives Gut. Die Goldene Regel scheitert, wenn ich die Perspektive eines Verrückten einnehme. Hier könnten dann unterschiedliche Handlungen mit dem gleichen Recht gut genannt werden. Pragmatismus hat nicht das Gute als Ziel und Zweck. Ihm geht es nur um die Durchführbarkeit und Durchführung. Auch wenn hier greift, dass etwas schlecht zu tun, besser ist als, es nicht zu tun, verkehrt sich das doch, wenn man etwas Schlechtes tut.“

Sie reißt die Hände hoch und nimmt erneut Platz. „Es hilft nicht. Ich muss weiter suchen und an meiner Vorstellung arbeiten.“

Es klopft an der Tür. „Missus Präsident. Sie müssen langsam wieder herauskommen.“

„Noch eine Minute. Ich bin gleich soweit. Die verstehen, dass es hier um eine schwerwiegende Entscheidung geht.“

„In Ordnung. Das gebe ich so weiter.“

Sophie streicht mit ihrer Hand über den roten Knopf auf ihrem Schreibtisch. „Das könnte es beenden.“ Ihre Hand zittert. „In einem Moment wäre es vorbei. Wie viel Leid würde ich der Welt ersparen? Wie viele Freuden verwehren?“

Abwechselnd schlägt sie mit der linken und rechten Hand neben den Knopf. Sie klappt den Laptop zu. „Was ist gut? Es endet nicht."

© 2024 Torsten Bastuck
Verlag: BoD • Books on Demand GmbH, In de Tarpen 42, 22848 Norderstedt
Druck: Libri Plureos GmbH, Friedensallee 273, 22763 Hamburg
ISBN: 978-3-7597-7625-9